Quatro & outras lembranças

JOÃO PAULO CUNHA

Quatro &
Outras Lembranças

Copyright © 2014 João Paulo Cunha

EDITOR
José Mario Pereira

EDITORA ASSISTENTE
Christine Ajuz

REVISÃO
Miguel Barros

PRODUÇÃO
Mariângela Felix

CAPA
Miriam Lerner

DIAGRAMAÇÃO
Arte das Letras

CIP-BRASIL. CATALOGAÇÃO NA FONTE.
SINDICATO NACIONAL DOS EDITORES DE LIVROS, RJ.

C978q

    Cunha, João Paulo
    Quatro & outras lembranças / João Paulo Cunha. – 1ª ed. – Rio de Janeiro: Topbooks, 2014.
    116 p.: il.; 23 cm.

    ISBN 978-85-7475-245-7

    1. Poesia brasileira. I. Título.

14-17597   CDD: 869.91
                                                                   CDU: 821.134.3(81)-1

TODOS OS DIREITOS RESERVADOS POR
Topbooks Editora e Distribuidora de Livros Ltda.
Rua Visconde de Inhaúma, 58 / gr. 203 – Centro
Rio de Janeiro – CEP: 20091-007
Telefax: (21) 2233-8718 e 2283-1039
topbooks@topbooks.com.br/www.topbooks.com.br
Estamos também no Facebook.

Sumário

| Quatro números.. 9

| Quatro nomes.. 15

| Quatro lembranças... 19

| Quatro amores 23

| Quatro cheiros..29

| Quatro músicas 35

| Quatro peças 40

| Quatro suicidas...44

| Quatro linhas...49

| Quatro beijos..53

| Quatro meses leminskianos..57

| Lampejos do P 6 61

| Estava tão bonito ao encontrar a morte 77

Quatro números

I

Aprendeu a ser só.
Acostumou-se com o vazio.
Desconhecia o mundo que abandonou tão cedo.
A direção da rua não lhe dizia nada por muito tempo.
Seu olhar para a parede de sua cela
era para as mulheres nuas
uma estrada com um sol no fim
e uma árvore com laranjas penduradas.
Esqueceu a dimensão do sol
a largura das ruas
e o carregar uma chave de porta. Esqueceu a palavra gente
e o significado de amor.
Enterrou entre as paredes da masmorra
seu cabelo carapinha
sua pele lisa
a energia dos vinte anos.
Não conheceu o céu mas não gostou do inferno.
Ele tentou esperar.
Não fez sonhos nem planos.
Descartou a esperança.
Queria de novo conhecer a vida. Tinha errado uma vez.
Quem controla o número de chances
que um homem tem direito?
Nas contas

descobriu que o mundo do limite
onde nunca teve a chave de sua porta
foi maior do que o tempo da vida livre.
Recebeu o tal papel e a palavra áspera do agente: pode ir.
Esperou o portão grande de ferro se fechar. Era dezenove de março.
Último dia de verão.
Imaginou
já no lado par da rua que ele não sabia o nome
um outono com a cor de sua calça (um amarelo empoeirado
   lembrando caqui)
florescendo pelas ruas
que ele descobriria agora. Conheceria carros que nunca ouviu falar.
E nos súbitos devaneios
recobertos com o horizonte à sua frente
atravessou a rua sem olhar para os lados
e desencontrou da vida
nas rodas de um carro branco. Era dezenove de março e não
   conseguiu
ver o primeiro dia do outono.

II

Das vezes que nasci
lembro do dia que não teve luz.
Sem enxergar
fiz meu caminho pelo som.
O vento que entrava
feito nota musical
pelos buracos na parede que chamavam de janelas
era um si intermitente
tocada numa guitarra de seis cordas.
No escuro
sem luz e sem céu
tamborilando com os dedos
uma canção imaginária que lembrava liberdade
dormi.
O que restou daquela nota musical?

III

Carrego a dor
do dia que nasceu sem ela.
Troquei de roupa para ver outro mundo.

Me vesti de branco
tirei a correntinha com a nossa senhora pendurada
a pulseira de couro duma tribo que não sei o nome
o anel de prata vagabunda
e olhei o limiar do corredor lúgubre.

Levei no bolso da bermuda branca
as quatro cordas do violino
do cara que tocava um rock
no dia que te conheci e falei da gente passear no sri lanka.

Caminho lentamente
e vai se apagando os escritos de minha alma.
Pensei na minha ideia para o mundo. E daí?
O mundo é assim e pouco importa minha opinião sobre ele.

Preso eterno em mil trezentas e quarenta e quatro horas
resta me a lembrança
da tristeza que não terá fim
do dia que nasceu sem ela.

IV

Comi a manhã
espremida pela madrugada e pelo dia que chegou com sol.
Senti pelos cantos da boca
o gosto doce desse fruto clareado.
É lindo do escuro ver o claro
duma brisa fria sentir o pulsar quente do calor
que brota dum círculo amarelado
que aparece lá longe
no meio do céu
expelindo raios prateados
que muda a cor da gente
que seca roupa
que racha a terra
e que ajuda a trazer a chuva.

Nunca saberei ao certo
nem com o franzir de minha testa
se perco um dia da vida com a chegada da manhã
ou se ganho horas de prazer.

Uma vez eu comecei o dia com um sonho.
Era quase uma ilusão.
Tinha decidido não sofrer mais por uma paixão.
Caminhava pelas ruas de paralelepípedos do meu bairro

só pensando em você e nos seus lábios aquecidos.
Passei a manhã a te procurar. Cadê você?
O dia corre e não espera resposta.
Na passada larga dum all star branco encardido
descubro
ainda no sonho
que a paixão é siamesa do desespero
e que o grito é pedir atenção
e a vida é um dia de clareza e escuridão.
Encontro você às onze e trinta e sete.
Estando tão perto
não contive minhas mãos
que sobejando o seu corpo
alcancei sua cintura
e apertando-a contra o meu colo
senti faiscar o moto-continuo. E a ilusão se foi.

A tarde virou chuvosa
o sol se pôs antes da hora
o calor se fez frio
da claridade se fez noite. E pude ver
o ciclo da vida
da paz que passou um dia
na porta de minha casa
da ilusão que deixei quando os corpos esquentaram
e do dia quatro
em que me tiraram tudo.

Quatro nomes

I

Nada que me corta
me machuca, Julieta. Nada que me prende
silencia, Catarina.
Nada do meu tato
é morno, Jesus. Nada de você apaga, Regina.
Sua palavra amiga me apega, Carlos.

Despejo tudo numa folha de papel (o sangue as grades as digitais e a lua)
e não consigo virar a página. Fico olhando as palavras.

Já é um outro dia e nada do que grita
me sacode, Roque.
Nada que me bate arroxeia Gilmar. Nada em sua carne me alimenta Beto.
Nada do sorriso é alegria Ana.

A alma é colcha de retalhos
de memórias
de sentimentos e
das pessoas com seus nomes
que de nada
falavam tudo do amor de cada um.

II

De Doralice me restou a lembrança
daquela foto amarelada numa moldura de madeira lascada nos
 cantos.
Tinha pessoas que não conheci
amigos que ao conhecer entonteci
cada um disposto no seu lugar. Chapéus sombrinhas cigarro capri
camisa volta ao mundo sapato salto carrapeta e vestidos de
 bolinhas.
Olho bem pra foto
e não posso mudar ninguém de lugar.

III

Habituou-se a olhar para baixo
a ver só o chão
o choro
a escuridão
a rachadura na terra
o cigarro jogado
queimado
o lixo acumulado.
Era quase humilhação.
De tanto olhar para baixo nunca mais viu as estrelas.

IV

A lenda que me ronda
não tem arco nem tem flecha.
Tem mentira contada
repetida
inventada.
Tem aquilo inexato
que não é fato
nunca foi ato.
Por ser invenção corre de mão em mão
tem vida cor e emoção. Mas é tudo falso!

A lenda não me ronda mais.
Tomou minha vida e se misturou aos meus passos.
Confundiu os de bem
alimentou os do mal.
Está comigo todos os dias em todos lugares.
Desvendo-a. Denuncio, brigo. Nada!
Resta-me a lápide: Conceição da oferenda
foi menor do que a lenda.

Quatro Lembranças

I

Mastigava o silêncio
debruçado sobre aquela poltrona brega de cor bege.
O sangue escorria nos cantos de sua boca procurando o infinito.
Um olhar aziago!

Tecendo, num tempo fugidio,
uma linha perpendicular entre a vida que ele tolhia ali
e o voo que ele abatera
tentava sorrir. Sorriso funesto!

Provavelmente ele se deitou naquela noite
e viu a silhueta de um homem alquebrado chorando de forma compulsiva.
Não teve dúvida:
era o choro de um condenado.

Nunca mais ouviu Billie Holiday e nem sentiu o odor do jasmim!

II

As águas que passaram por aqui já vão longe.
(Foi chuva que caiu na vertical – como a vida –
e se arrastou na horizontal – como cobra –
e pegou carona no rio, como tábua.)
Em breve serão engolidas pelo oceano.
O tempo que passou ficou no rosto,
no corpo torto,
no corpo todo.
Deixou tatuados os contornos de sua crueza e de sua beleza.
Findou as horas de um relógio que já não quer andar.

Se tudo acabou,
o que é esse cheiro de bolo de fubá e esse barulho de arrastar
    armário?

III

Como são ásperas as ruas de minha aldeia.
Como garganta sem água
barro sem chuva
capim sem sereno.

Dizem por aí que o comandante foi embora.
O posto está vago!
(Ele não aguentou o mais áspero dos sentimentos: a ingratidão).

As ruas
a garganta
o barro
o capim
e o coração do comandante não sentirão mais o perfume
   do jasmim.

IV

Lembrarei de ti
quando beijar uma face de mulher
que ficou guardada
na forma do teu rosto
numa tarde de agosto.

Quatro Amores

I

Junte as roupas,
as músicas e os livros.
Junte as lembranças
(nas fotos e nos bilhetes de entrada de museus).
Junte tudo que possa me lembrar:
o guardanapo de papel escrito Love e o lenço perfumado de alfazema.
Leve o tempo e a noite!
Deixe o sol e o cheiro (este irremediavelmente impregnado no meu peito).
Do choro deixe só a parte que me toca.
(Vou guardar também aquela lágrima pesada derramada sobre o vinho).
Ah! O vinho.
Deixe o hálito. Leve a uva.
Da música, deixe o CD arranhado e leve os passos da dança que não fizemos.
(Lembra que eu quis dançar. Você disse que eu estava bêbado).
Não esqueça a tecla do piano com a digital da rapsódia.
De Frida, deixe a pintura e da poesia leve o Pessoa.
Não precisa olhar para trás.
A bruma que carregará sobre os ombros,
quando descer a escada, deixe no final. Ela irá se dissipar.

II

O andar frenético não deixa dúvida:
que sofreguidão tomará esta menina?
Uma mão no cabelo outra no rosto.
O pé levantado e o falar sem parar.
O pulsar que tranca o coração. Quem habitará?
Morde os lábios, mexe na bolsa, acessa o telefone.
Cruza as pernas para em seguida descruzar e espichá- las.
Levanta e senta.
Pergunta da música, mas quer mudar de estação.
Fala da mãe e fala do pai. Fala de qualquer um. Precisa falar.
Ri e fica brava.
Quer beijar e se afasta.
Vira o copo, enche de novo e reclama. Do quê?
Passam horas e a inquietação parece ser de sua natureza.
Hoje não quer transar. Não quer!
Mas amanhã logo cedo a vontade toma o corpo, e ela resolve
    sozinha.
Fica em silêncio, mas grita por nada.
É capaz de doar, e cobra.
Não tem amigos, mas está sempre com muita gente.
É só. São muitas.
Troca de roupa, de sapato, de bolsa: é difícil trocar de opinião.
Tem opinião? Tem! Pode ter duas e expô-las sem constrangimento.
Chora e ri. Tudo compulsivamente!

Declara amor e odeia.
Não quer beijar de novo. (Não aprendeu a beijar, não aprendeu
 a amar).
Quer correr e cansa antes de começar. Para, descansa e começa
 de novo.
Tá sempre lembrando do passado, para imediatamente renegá-lo.
É assim a menina que habita o meu coração. É meio tudo meio
 nada.

A menina que habita o meu coração foi embora
e deixou o horário do sol poente
a chuva que vai embora
um beijo partido e um pedaço do seu coração (ela tem coração!).

O resto ela levou
mas disse que um dia ela volta.

III

Fica aqui até a chuva passar
(a noite vai ser longa e a chuva é muito forte).
Vou abrir um vinho e pôr um disco na vitrola.
Vou fazer um tempo aquecido
parecido com a noite que demorou clarear
(não esqueça os anéis na pia do banheiro e não deixe cair cabelo
 na penteadeira.)
Ah! A chave do carro está na gaveta do criado-mudo.

IV

Vive dentro de você mulheres que amo.
Uma eu conheci em abril.
O cair da tarde indicava uma noite escura.
Mas, mesmo assim foi possível desenhar estrelas.
O perfume das uvas nos frascos de vinho acertavam nossos
 relógios.
Era um tempo de rolar na cama e rir da gente mesmo.
Neste outono eu não saí de casa.

Uma outra é rua.
Gosta de ver pessoas e esculhambar tradições.
Carrega no bolso da frente da calça um pouco do cheiro,
o peso das lembranças e o som das conversas que tivemos
 limitadas pelas paredes do cárcere.
Bebe e briga.
Às vezes em ordem inversa.
Diz que a rua é sua casa.
Quando olha o céu canta "Sometimes I fell like a motherless
 child".
Ela é linda quando chora e quando ri. Quando não está rindo
está chorando.

Ainda habita em você uma menina.
Ela vive com lobos e com cobras.
Consegue se livrar de uns.
É forte e bela.
Adora beijar de língua e tem um coração do tamanho de um bonde.
Canta e está sempre com pressa.
Não é namoradeira. Ela ama fácil.
Quando chega, todo mundo vê.

Suas mulheres nasceram em tempos de água e tempos de vinho.
Eu já vi misturadas.
Já vi todas em uma só.
Ela olhava o mar, as luzes da cidade e o balde de gelo.
Vestia uma camisa xadrez avermelhada manga longa.
Tinha um broche na lapela com uma reprodução da guerra civil
    espanhola
e uma frase de Hemingway "qué puta es la guerra".
Brindou um champanhe, um vinho e quando acabou pediu cerveja
para continuar a vida.
Me deu um beijo doce e longo.
E fomos deitar.

Essa mulher tem o tempo dos meus passos e vive lá em casa.
Ajudo-a a acender o fogo e lavar as louças.
Colamos cartazes nos postes e tomamos um conhaque.
Ponho pra secar as roupas e passo o pano no chão.
Ela é a minha vida. É o meu amor.

Quatro cheiros

I

Era de manhã
e esfregando os olhos
e espreguiçando
ele chegou por aqui. E ao lado da cama
abaixou a cabeça e me acordou com um beijo.
Eu sorri.
Ele tirou a roupa
pendurou na maçaneta da porta
e em silêncio deitou ao meu lado.
Dormi de novo
agora em seus braços.
Tentei lembrar seus passos no quarto. Nem ruído. Andou como
 anjo.
Tentei lembrar o seu respirar. Faltou ar. Levitou.
Não arrastou a coberta pro seu lado. Coube direitinho ao meu
 lado.
E eu me encaixei em seus braços.
Seu cheiro lembra flores de descanso. Sua barba de pelos grossos e
 negra
me espetam com prazer.
Suas mãos ásperas do dia de trabalho me acariciam como a polpa
mole de um pêssego amadurecido. Me faz mulher pra me querer
 pra ele.

A pouco que o conheço
e parece tanto tempo.

O outro exalava óleo. Suas mãos em minhas costas eram dirigidas
pelas unhas.
Tropeçava no tapete. O mal humor chegava com ele.
E cheirava a parte triste e feia do álcool.
Escarrava no silêncio do quarto. Suas roupas se dobravam pelo chão.
Não dividia o leito
o olhar
nem os braços. Se cobria só.
E me puxava pra ele como se puxa o cobertor.
Ficou tanto tempo comigo
nem senti a sua falta. Nem lembro o tom de sua voz.

Ao partir nem vi o seu adeus.

II

De olhos bem fechados. Quase costurados.
Colados.
Tinha que ter certeza que não iria ver.

Ali perto
um trompetista solava uma canção triste que lembrou partida.
Um rapsodo falava versos lamuriosos da vida feito despedida.

Ouvir é melhor que falar. Sentir é olhar com a alma.

Um fio de perfume abria caminho.
Em minha direção, passos.
O ar ofegante distinguia naquela marcha triunfal
o exalar do aroma
num peito aberto que batia forte.
Era a imagem que ele resistia em ver!

Pediu palavras. Risos.
Me conta um filme, um livro. Canta um canto.
Ele queria ver a alma
além do perfume de alcarávia.

III

Para que alguém possa olhar pro céu
e ver a estrela que eu fiz nascer
e que não pude mais olhar. Não sei se ela cresceu
ou padeceu por falta de brilho.

De lá onde eu passo a noite
não consigo ver o céu. Sinto tanta falta dele
e um cheiro infinito
da filha desnuda que deixei no mundo.

IV

Que cheiro é esse
guardado ali do lado esquerdo
parecido uva amassada com os pés
e trabalho feito o dia.
Um cheiro de folha de caderno
com letras juvenis.
Um odor de tarde que cai
e braços vazios.
De noite sem dama
de corpo sem cama
o caos em anagrama.
Cheiro de mar
borrasca no ar
maresia na poesia.
É uma coisa que amarra
entorpece
arrefece de repente pra brotar ali na frente.
Coisa estranha
   embarga a voz
quase choro
esquenta a face.
Me abrace
tô sozinho.
Cheiro de você voando
vivendo
olhando no fundo do mar

no fundo dos meus olhos pra dizer que esse cheiro
é a saudade que colou em mim
e lembra o copo de estanho com o vinho que te embebedou e
que brilhava no dia que você partiu.

Quatro Músicas

I

Suas mãos eram frias como vidro sem tempero.
Na face um rubor saudável de vergonha com baixa temperatura.
Um gorro acinzentado cobria-lhe a cabeça e salientava a ponta do
    nariz bem vermelhinho.
O corpo teso diminuía ao se entregar inteira nos meus braços.
Tinha sido uma caminhada curta mas com um ar glacial
de noite de inverno.
Um conhaque pra esquentar
um beijo
e um baseado.
O som entra pelos poros e sai em forma de canto.
Tanta gente, tanta gente e só nós.
Digo que a amo mais que ao The Who.
Ela diz que me ama.
E no estádio
já com a noite adormecida
luzes piscando
e inebriado pela rouquidão da voz
pelo friso incandescente da guitarra
e pelos dedos que escorrem pelas teclas de um piano da primeira
    guerra mundial
eu posso ouvir falar e ver
o som do canto das estrelas na
da música que jamais vou esquecer:
Pinball Wizard

II

No taxi o motorista enfia uma mão bruta e áspera no porta luvas e arranca um CD meio riscado.
E desarranjado no espaço entre o banco e o console
coloca pra rodar as músicas daquela noite que nunca mais sairá de minha memória.
Já é manhã.
O ponto de chegada é uma casinha simples
de duas águas
com uma tintura meio desbotada (um verde lânguido)
numa rua descalçada
na cidade parecendo roça.
Desço com minha saia de prega estilo escocês
meio amarrotada
e lembro dos olhos verdes do menino falando que eu estava encantadora com aquela blusa caqui
de corte assimétrico
com um laço balançando ao lado direito (para equilibrar com o coração)
e sem nenhuma pintura no rosto
só na alma.
Não senti frio à noite!

Pago o taxi
puxo minha bolsa
saco minha chave e enfio o braço na direção do portão
rompendo lentamente o belo caramanchão de rosa trepadeira que
   minha mãe plantou.
Um espinho. O único.
Risca do meu dedo até meu pulso. Não choro mas vejo o sangue.
E ouço o barulho do taxi indo embora com o rádio ligado
tocando o CD arranhado
com aquela música que não sai de minha memória:
Bolero de Ravel.

III

Era um instrumento grande e aparentemente meio desengonçado.
Ela carregava com muito carinho. Como se fosse um corpo e lentamente as partes iam se acomodando ao abraço de seu próprio corpo.
Um instrumento de cabeça e pescoço finos
alto — quase espichado —
o tronco crescia para baixo e terminava com seus membros alargados.
Falava por uma vara que parecia mágica.
Ela não sentou.
De pé olhou a plateia para tentar localizar alguém. Supus ser eu.
Sorri. Ela se avermelhou e seu corpo se soltou.
Agora era como dois corpos preparados para a dança.
Era acariciava o pescoço esguio do instrumento-corpo e
descendo pelas sua cordas
como se fossem correntes penduradas em seu pescoço descendo na direção do peito
libertava a mais fina nota musical que já ouvi
da música que jamais ouvirei:
ombra mai fu.

IV

O sol rompia por aqueles prédios velhos e mal cuidados
e exatamente na fresta
da arquitetura descombinada do antigo com o novo
trazia os primeiros acordes da manhã
(como um galo anuncia no castelo e na palhoça)
que o dia seria venustamente feliz
acordando ao seu lado.
Meio dormindo ainda apontou o dedo para o rádio e esticando o
    braço para fora do lençol só teve o trabalho de apertar o botão.
Saiu pelas ondas de um radinho vagabundo um grito que
colidindo com o sol na vidraça do quarto desarrumado
só teve tempo de dizer:
"Ô fortuna
Velut luna
Statu variabilis
Sempre crescia..."
e Carmina Burana grudou no meu dia para sempre.

Quatro peças

I

O sapato era um número maior.
Tive que colocar algodão na ponta para poder usar.
A sola era boa. Quase brilhava.
Estava muito melhor que o meu que já tinha furado.
E o cadarço tinha puído e desengonçou.
Então eu de sapato novo!
Mas caminhar pra onde? Me apresentar pra quem?
Há tempo que me perdi de mim mesmo e
do caminho que imaginei,

Não ando só. Não me suporto mais.
Às vezes até minha sombra atrasa.
Não reconheço gente. Meus amigos se foram: uns morreram,
    outros se trancaram em casa e um se trocou por prata.
Queria conhecer uma pessoa
não que olhasse o meu sapato
nem perguntasse meu saldo
mas que me dissesse amigo!

II

O tecido nobre da camisa acusava
Linho. Branco alvíssimo.
Botões de madrepérola e entretela rija.
Duas pregas corriam nas verticais. Uma de cada lado.
A bainha feita com linha egípcia de um branco turvo mostrando a
   medida do comprimento daquele corpo que não tinha alma.
A peça cobria uma pele atarantada de parcos pelos esbranquiçados.
Queria achar um espelho
não para ver a roupa,
mas olhar nos cantos dos olhos profundos
e pedir de volta a alma
e uma tez com vida.

III

Calça de sarja grená com um bolso lateral.
Guardei ali o beijo juvenil dado de olhos fechados
que não consegui guardar no coração.
A braguilha de botões avermelhados. Eram cinco.
Lembrei da mão
que lentamente desabotoou e
olhando nos meus olhos
pediu um beijo. Já não era juvenil. Esse tá no coração.

IV

Um cachecol xadrez de uma lã macia enrolado ao pescoço.
As pontas caindo sobre o peito
traziam o nó
que amarrava a solidão.
Seria suficiente para levar a vida?

Quatro suicidas

I

A vingança me consome. Corrói as minhas vísceras
tornando fel o viajante de minhas veias.
Esmurro a parede pra ninguém ouvir. Nem eu!
Os cortes pelo corpo não me agridem. São aberturas que exalam
a tristeza que não consegui deixar no banco do ônibus que me
   trouxe para casa.
O ódio povoa minha alma.
Cadê o Cleber com a heroína? Arre! Que fastio.
Devia ter enforcado o canalha traidor que
enebriado pelas pratas
trata as pessoas por merda.
Não devo nada Não desejo nada. Nada do que vejo me traz
   aprazimento.
Talvez o leito dum caixão marrom com detalhes dourados
e uma rosa no bolso do paletó xadrez
que ganhei do José Carlos.

II

Não se morre por amor. Mata-se a si próprio.
Adeus!

III

Virou as costas e partiu.
Não bateu os pés
nem fez barulho com a boca. Saiu calada.
Apesar da vermelhidão nos olhos
não havia sinal de lágrima. Nem sentimento de tristeza.
Eu vi quando ela atravessou a rua. E num relance de olhos,
já do outro lado,
olhou pra trás.
Não queria me ver. Queria ver um pedaço de sua memória
que grudada nas paredes,
na porta de entrada
e na janela da sala do nono andar
lembraria do local que tanto lhe fez bem. O amor faz cada coisa!
Na rua nem o tempo passa.
No topo do prédio
tentei enxergá-la. Queria ver nem que fosse sombra
vulto resto pedaço feição sinal.
Nada!
Cego
resolvi correr atrás. Queria encontrá-la e mostrar o bilhete
escrito em letra de forma
(uma letra em cada quadradinho duma folha quadriculada)
"não levarei de ti aquilo que não fiz por merecer"
e dei o primeiro passo duma caminhada para sempre.

IV

O corpo chegou enrolado numa manta com etiqueta egípcia.
O caixão prateado e lacrado.
O nome escrito com pincel atômico ao lado do país de destino.
Encerrará a dúvida. Meu amor morreu!
Acabava ali o último laço que me prendia à vida.
Você quis se aventurar no Nilo.
Eu fiquei esculpindo
no quintal de sua casa
a sua imagem sorrindo
com um florete na mão apontando para o céu.
Terminei. Mas você não pode ver.
Eu confiava no futuro. O passado enfastiava e era solidão.
O presente era o frio da sua face coberta por um vidro embaçado.
Os lábios roxos, os olhos fechados e um sentimento de adeus.
Fui refluindo até um dia do outono do ano que te conheci.
Revolvendo um filme em minha cabeça
vi o seu abraço e as palavras que não saíram.
Vi a tiara azul-marinho
segurando um cabelo desarranjado. Vi seu sorriso e o seu choro.
Diminuiu o meu mundo. Agora impendo ao solo.
O choro não vem o grito não vem
não vem a tristeza. E eu só.
Olho para o céu
para o chão e decido te encontrar.

O florete de lâmina pontiaguda desvia do céu
e na direção de meu peito
encontra a frieza das águas do Nilo no
sangue que escorre em seu quintal.

Quatro linhas

I

A mão espalmada.
O centro rosado e a ponta do dedo anelar inchada.
A linha da vida vincadamente funda não se encontrando com nada.
Pespontando
perpendicular à vida
pequenas linhas na direção de Júpiter.
Que deus me guiará?
Não há ponto que costure
esse longo caminho dos anos que se arrastam.
O rosado é a vergonha da paixão que eu desfiz.
O inchaço é o Apolo que não fui.
A linha, a vida,
desatino
não ter um sofá para sentar
numa tarde de domingo
com a mão espalmada esperando um copo de cerveja.

II

A linha do coração deságua numa lagoa que jaz.
Sobre ela levanta o monte de Vênus
de beleza e
de amor.
Mas é seco
árido
racha o peito como racha o chão. É ar rarefeito como estar no
   Atacama.
Ah! Se pudesse correr a água
como do rio
na direção do mar
formando lindas lagoas. Como a palma da mão quando jovem.
Nada! Leito de rio seco.
Linha interrompida.
Parece o fim. Respira com aparelhos.
Que pobre coração.
Não suportou o amor registrado na linha da mão esquerda.

III

A água lava a mão. Leva a linha?
A vida leva a linha!
O tempo leva a vida e o riso leva o choro.
Olho de novo as mãos e vejo agora linhas quase apagadas.
Agarradas abulicamente aos dedos e aos deuses.
No dedo médio longo
a solidão.
Esgotada em tempos de espetáculo as linhas de multidão se
  despedem nos dedos emagrecidos pela tristeza.
Saturno chegou ao limite. Seus anéis dilaceraram e não ouve
colheita.
Há escombros no lado direito da mão esquerda. E quando mexo
  mais lembranças exala.
Não tem como removê-los. Estão ligados à alma.
Não dói nem goza. É uma memória quebrantada.
(É difícil viver em Marte entre a cabeça e o coração.)
O olhar no pulso
assusta a algema de linhas e traçados formando a ponte de Netuno
num caleidoscópio de venturas e de infortúnios.
Minha vida ficou na rebentação das lágrimas que
enxugadas pelas palmas das duas mãos
não conseguiu conter
o furor do tempo.

IV

Ela tinha ouro no incisivo superior. Faltavam os dois caninos.
Um brinco lindo azul turquesa.
Colares misturados. Ouro com um trapo de pano sujo.
Anéis em quase todos os dedos.
Uma testeira dourada com moedas penduradas.
A bata de cetim vermelha com mangas pretas
e babados chiffon dourados.
Cabelos levemente encardidos e sebosos.
Não sei de onde vem.
Nem sei o seu nome. Me assusta, me da dó mas me intriga.
Pega rápido em minhas mãos.
Diz que vou ser feliz e que tem uma mulher loura me cobiçando.
Minha vida é incerteza. Meu trabalho é a fala.
Me pede dinheiro.
Peço pra falar mais. Fala da ilusão.
Das duas.
Ilusão atual se vive. A outra o coração carregou até o
  despenhadeiro e soltou.
Não voou nem estatelou no chão. Muito menos padeceu.
Sumiu.
Talvez tenha voado com a linha do seu coração e
de tão longe que foi
se perdeu ao voltar
e agora vive no céu
como o riso que você enxerga
nas noites de céu escuro.

Quatro beijos

I

O primeiro beijo foi com as mãos nos olhos.
Não quis ver.
Sumiu a voz
o coração andou mais rápido e
explodiu veios avermelhados nas bochechas e no queixo.
Senti um torpor descer o corpo e
feito labareda
o fogo tomou conta da cintura.
Voltei minha boca contra a dela
e agora
bem devagarinho
senti o seu gosto misturado ao meu e
num prensar de lábios
intuí um mundo descoberto.

II

Guardei um beijo descoberto no cinema. Está comigo aqui.
Trago com cuidado de cristal
no bolso da jaqueta jeans
que visto neste dia frio.
Quero chegar logo e encontrar você
com lábios quentes
que adormecerão quando pronunciar a palavra oi.

III

Trago tatuado no meu peito esquerdo
o contorno de seus lábios
do beijo que você não deu.
Era abril de um ano ímpar. Não era calor nem frio.
Nossos relógios marcavam um tempo que ninguém conseguia perceber.
A loucura saída do coração era paz.
(Naquele tempo eu remava na maré.)
Peguei as suas mãos,
não sabia o que fazer. Era uma nota musical procurando um instrumento.
Eu queria me mostrar e queria ver você.
E no portão de sua casa
no degrau primeiro da escada
que pôs nós dois na mesma altura
você pediu para eu fechar os olhos
e sem ver nada
senti todo o calor do corpo se dirigir aos meus lábios
estiquei o rosto na sua direção
e conheci a ilusão do beijo que não ganhei.

IV

Ofereci meus ombros.
Como escada ele subiu.
Minhas mãos tocaram a música dos seus sonhos. Ele dançou.
Enxuguei seu rosto do suor do meu trabalho.
Abri caminho para ele passar.
Na hora da porrada a cara era a minha.
Fui seu irmão seu amigo e companheiro.
De braços dados caminhamos. Seu sofrimento foi o meu choro.
Mas um dia eles chegaram. Trouxeram prata, espelho e um trono.
Da prata ele fez anel, moeda e a placa do seu carro.
No espelho reviu seu rosto, penteou o cabelo e arrumou a gola
   da camisa.
Dormiu no trono
acordou rei
vestiu sua túnica encarnada
colar de ouro branco
e uma nova princesa.
Um dia encontrou comigo. Me deu um beijo.
Virou as costas e partiu. Lembrei de Jesus e as 30 moedas.

Onde a gente jogava bola quando criança
hoje é um conjunto de apartamentos.

Quatro meses leminskianos

I

Mar
çó
zinho
pelo mundo.

II

Ju
lho
por Deus
que te amo.

III

A
gosto
do freguês.

IV

Se
tem
bro
mélias
é primavera.

Lampejos do P 6

I

Do ovo
um gosta da clara
o outro gosta da gema.
No amor um se declara
o outro vai ao cinema.

2

Pra derrubar o sistema
Ofereço meu poema.
Guerra. Ideia.
Uma canção uma novena.
Beijo abraço
Aperto de mão.
Uma dose de conhaque
A notícia em almanaque
O som de rock and roll.

3

Furta-cor de ouro belo
Leva primeiro o amarelo
Depois volta buscar o libelo
Do azul que desbotou
Sem dizer quem foi.

4

Amora aroma
Amor Roma
Palíndromos de cheiro de gosto e de amor!

5

Se você me joga pedra
eu entrego para Pedro.
Como Pedro é pedra,
que não fala, não sente, não ouve e não escuta,
só me resta responder: seu filho da puta!

6

Pinturas rupestres pelos canos da cidade
(misturadas a pichações e grafites desbotados)
por onde corre merda – mijo – catarro – e resto de torresmo.
O homem continua o mesmo.

7

Cara de bolacha.
Caranguejo de borracha.
Prenda o cara com tarraxa.
Não deixe ele fugir!
Se ele se desmanchar voltar
e disser que te ama.
Diga que não valeu a pena.

8

O Ocaso
do caso de força maior
(saiu no obituário).

9

E
  S
    C
      A
        D
          A   ROLANTE
          que fica parada
          entre o Batman que sobe e o Charada que desce
          (o bem e o mal são rolamentos da mesma engrenagem).

10

Me deixa a sua escova de dente. Quero lembrar do seu sorriso.

II

A prova usada foi a tinta azul
duma caneta bic ponta porosa
numa caligrafia singular
escrito na porta do banheiro feminino: não duvide do amor!

12

E se a mudez
(que acena, olha, ouve e grita)
me falar do amor que eu não vi?

13

A vida
eu estivera em perigo.

14

Desvio os olhos.
Não consigo.
O cheiro me persegue!

15

Nos passos grudados no chão
vi o seu pisar errado.
Segui.

16

De tudo que vivemos
subtraia o amor: não sobra vida!

Estava tão bonito ao encontrar a morte

ALA "E"
CELA 14

01

Se de manhã você me arrastar
para longe do sol que se põe
e perto da lassidão do seu peito
será para declarar que
abduzida pelo vazio dos homens
(que passam sem nada carregar
nem na algibeira nem na fronte)
decidiu partir sem nada a declarar.

2

A arte do todo.
Um pedaço parte
pintado em forte escarlate.
Num embate – será grude? – com celeste para ver quem
 predomina.
Aos olhos
ao coração
de um só
da multidão. Que vê tela.
Ela vê cor
vê arte
vê os traços do pintor.

3

Os dedos na direção de um grão
(de areia de mostarda de feijão).
Como pinça
(como as marcas da glabela quando acusa um não gostei)
em movimento com dobra
com autocontrole.
Junta-os.
Semeia com a mão
(os dedos fazem parte).
Planta na cava aberta. Vida!
Mistura os estados da água.
No líquido despeje os grãos. O decantado é o só.
Joga-os.
No sólido, a mistura registra nova vida.
Uma luz com cor magenta.
(Tem tanta vida juntada que parece universo).
Os raios do sol puxam o ramo
que, cansado do peso dos bagos, curva.
As partículas pululam virando pasta.
E ela – areia – depois de lavada pelo correr das águas, vira massa.
Os grãos
aos olhos sacia
embeleza.

Nas mãos é trabalho
vira sonho.
Terra e Rio se misturam
e pelos olhos e pelas mãos educam
o coração
que na direção do dedo
em paz caminham.

4

Da flor
intestina que criou raiz
sugou de mim até a vida.
Sobrou a pele carcomida, enrugada, morta.
Uma lufada final de terra
arrastou a flor
e juntas enterraram a pele e o pouco daquilo que ainda suspirava.

5

A palavra não expressa a dor
pois esta é pedra.
É seca. Árida.
É viva e dói.
Tem a palavra não dita.
A dor contida. Indescritível. Não sentida.
Ah! Tem a dor de amor. Esta não é palavra:
é grito!
Palavra cantada é dor superada. Abrigada.
A outra é partitura
de vida que se junta em vogais
em consoantes
para falar de amor.
Mas partitura de fala e de canto corta
mata
silencia.

O beijo interrompe a fala
que junta palavras pra dizer te amo.
O abraço que estanca a dor sutura a ferida.
E no calor dos peitos juntados não tem fala.
Se sente.
Amor.

6

O corpo espichado
ao longo do meio-fio.
Pernas longas cabelo louro.
Dentes brancos cintilantes.
Vestia jeans da cor do céu
camiseta branca paina
e um tênis de amarrar sem meias.
Estava tão bonito ao encontrar a morte.

7

Laranjeira
de flores brancas de folhas verdes.
De manhã tu és indizível!
O orvalho da noite que abrigaste sobre a pele de teu corpo
reluziu prateado o nu de tua alma.
Ainda verde ainda branca
se protege com espinhos
mas és casa de passarinho.
Teu néctar é um convite pras abelhas.
Teu pólen o vento leva e nasces de novo (mais ali na frente).
Serás fruto!
De noite com o brilho da lua nova
De dia com o douro do sol flavescente. És vida!
Energicamente sobes com a fineza de teus galhos.
E vem de novo o verde de tuas folhas
o branco de tuas flores
e o mistério da vida da mais bela laranjeira renasce.

8

Desnuda
entre o solo e o ar
de um jeito largada
inanimada.
Habita ali no tempo de direto usucapir.
Ao léu e andrógina se entrega.

O musgo verde e vistoso (não como os olhos de Cecília)
úmido e sinestésico
se agarra à sua barra e instala sua casa.
E esparramado com folga e devoção
toma-a em casamento e entrelaçando a vida e a aridez: respira!

O sol – como uma manta – aquece.
Entra pelos poros
escorrega pelos veios até o coração que não pulsa.
Não lhe causa sensação. É coisa sem vida!

O amante vibra.
Toma-lhe o calor.
Sente correr entre as pernas longas de suas franjas o líquido
   clorifilino (não é folha, mas vive com a luz).

Assim a pedra (adormecida)
vira casa, amante, mãe e preocupação.

O musgo (vívido) habita, namora, cresce e pulsa o coração
　(de que lado é o seu peito?).
E no quintal de sua morada agarra o ar com a mão.

A pedra é diferente da vaca,
da torneira,
do esgoto fétido que corre no quintal com suas bactérias.
Do borrachudo,
da aranha,
que são diferentes da água e do solo,
que é diferente do musgo que não tem nada a ver com o
　microondas,
o tubo de pvc e a louça que faz privada.
É vida onde não tem vida.
Como Tibúrcio e Ana.
Como Bia e Ildefonso.
Como o homem e a pedra. Como a pedra e a mulher.
Como a vida e sua ausência.

Mas sinto cheiro,
escuto a vida se arrastando por entre histórias de solidão.
O musgo queria estar sozinho
para ninguém vê-lo sofrer,
por não encontrar a vida
no corpo quente de quem ele tanto amou.

9

No começo ansiedade,
angústia, apreensão. Um nó forte no peito.
Virou olhar.
De longe, de perto. Olhos fechados, olhos abertos.
A face ruborizada.
O franzir da testa. O morder dos lábios. O riso feito de festa.
Agora já é a fala.
Discurso, grito, gemido.
Declama um verso lindo. Da vida, o peito doído.
Canta, insiste em orar.
Diz em voz alta para quem quiser ouvir: palavras de amor na minha boca não faltam.
Veio o gesto.
O beijo agarra o abraço.
De mãos dadas no caminho acertando o mesmo passo.

10

Como sofro nos dias atuais.
Quase não vivo. Me arrasto!
Vivo pelas tabelas da vida jogado de lá pra cá.
Sou quase um morto e meio que vivo.
Carrego uma dor atroz. Eterna!
No peito contorcido,
na língua amarga,
nas costas pesadas e na alma triste e melancólica,
que insiste em resistir,
descubro a fuga para frente.

II

Habita um homem em mim que não é inteiro.
Três quartos é a memória que ficou na alma.
Seus sonhos são sem futuro. A culpa é pretérita.
Vive a lembrar:
dos próprios olhos rútilos e penetrantes;
das mãos ao dizer por ali;
dos cabelos cor da noite e da voz grossa e relaxante. Um coração
   sem tamanho!
Esse homem é prisioneiro de um relógio sem ponteiro
de um verão sem estação
de uma porta fechada (do lado de dentro o tempo não quer ir
   embora).

Um quarto do mesmo homem se arrasta com vontade de partir.
Seu presente é incerteza.
Constrangido em sua clausura à espera de um papel; ele definha.
Tudo é prisão em seu corpo e em sua alma.
Às vezes sente pontadas em sua carótida e tem a sensação de um
grilhão a lhe apertar.
Com seu corpo oblongo caminha pelas ruas calcetadas de sua
   aldeia.
Cabisbaixo: é tempo de solidão!
Não pode parar agora.

O tempo de parar ficou três quartos para trás (contam-se os dias que vão durando mais que a vida).
Agora mora em mim o vazio.
Tenho ainda um quarto dos meus defeitos e nenhuma virtude.

Me conforta – inteiro – uma música que às vezes escuto bem distante.

12

Choveu forte esta noite.
E ventou.
Arrastei o cobertor e me cobri.
Vi sombras andando pelo quarto.
Virei-me e dormi.
Sonhar é melhor que viver!

13

Um bilhete no bolso de trás da calça.
Escrito com tinta preta dobrado em 12 partes.
Letras ininteligíveis
rimavam todas com ão.
(Irmão canção cão
solução decisão vão
Papelão proteção pulsação
não clarão coração).
Havia marca de batom.
Uma nota musical. Um tom.
Um risco de esmalte vermelho sangue.
Uma foto 3x4 duma oriental de cabelo liso e sem riso. Linda!
Na carteira, um endereço: passagem da servidão, nove, fundos.

Peritos deram o veredicto:
se matou por amor.

14

A minha música jamais tocara.
Os instrumentos calaram.
Colhi ramos frágeis flores feias frutos podres.
Sem som e sem poesia.
Sem chão sem companhia.
Lembro de ti
a guitarra, a cítara e o oboé.
O som.
O riso o coração mostrando como você é.
(Não briguem pela minha alma,
ela vagará por todos os bares.
Tomará todos os tragos nos mais sujos dos balcões.
Embriagará até verter lágrimas e conseguir pronunciar amor).
Minha memória grita:
até quando um homem aguenta viver só do seu presente?

15

Parecia um braço
esticado e chacoalhando
sob um sol forte de quarenta graus.
Parecia dando tchau!
Quem era?
De chinelas havaianas. Saia evasê. Tecido não sei de quê. Um lenço
　na cabeça.
A unha bruta. E as tetas por sair.

Um tipo de tristeza
que liquidifica a beleza
contamina — eu vi — a menina
com sonhos de não fazer.
Agora já não parece. É ela!
Não é sombra vulto ou quimera.
Cansaço rasgo mormaço.
É linda!
Ficou lá pregada na paisagem do caminho da vida que não viveu.

16

Como se fossem muitos
o último a saber
(como se fosse um).
Não soube reconhecer
como se fosse
um para viver
muitos
e um para morrer (como se fosse).
E depois ter o dia
a noite e o amanhecer.
ô vida du caralho!

17

Olhou nos olhos dela fixamente.
Eram os olhos mais lindos que ele já tinha visto na vida.
(Vida fudida ainda curta e dolorosamente vivida.)
De todos os tons de verde esse era o mais bonito.
Um verde esmeralda num tom clareado (como a árvore mais
    bonita da floresta).

Foi num esbarrão que ficaram face a face.
Olhos esbugalhados, avermelhados com aquela bola preta no
    centro.
(O ponto lacrimal saliente e visível.)
De todos os olhos que conheceu esse era o mais feio.
Mas tinha uma força rutilante como a lâmina do punhal que
    assassinou Santa Maria Goretti.

Quanto mais perto,
mais bonito o rosto que aproxima.

Da íris verde descia uma pele feito capa.
Num âmbar caucasiano
com um nariz de traço grego
bochechas rosadas e uma fala rápida num tom gritado de
aparência irregular e insegura
(um acúmulo de saliva no canto da boca denunciava secura e
    insegurança.)

Os olhos avermelhados dispostos numa pele cor de oliva
    desbotada pelo sol,
um nariz contraditório: adunco, mas levemente achatado.
Ah! A fala era doce e suave!
O tom aveludado e forte dava segurança e despertava paixão.
(O leve riso transformava o rosto.)

Em cada canto, em cada lado, um assunto, uma conversa.
A descoberta de que o coração se estimula pelo que sai da boca
e não daquilo que entra pelos olhos.
De que o coração palpita forte quando a mão,
ao escorregar pelo peito
encontra uma voz que traga paz (não um grito que espanta).
Não basta a beleza para pulsar e fazer correr o sangue.

Ele descreve o que vê.
Sente o que lhe falam. Ama o que conhece.

O deflagrar do apego estava no olhar atilado;
nos lábios que pronunciavam mar;
nos dedos longos que alcançavam as notas musicais no piano
    velho e afinado;
nos joelhos que dobravam aos céus;
nas digitais das solas dos pés que indicam rumo
e no riso branco que pedia abraço.

Que feiura bela,
que te agarra, que te come, que te vira e te faz gente!

O espanta prazer veio no galope do silêncio de quem não tem
    o que falar;
na brutalidade das mãos ao coçar os olhos;
no cruzar os braços pra negar um beijo;
no andar ligeiro pra não ouvir a calma;

no olhar pra cima pra não ver os passos e no mentir falando pra
   não sentir palavras.

Que beleza feia que espanta, desencanta, silencia, tritura e te
   faz pó!

(De que valem os olhos verdes ou mesmo o avermelhado
se não tenho mais a lua e nem abraço apertado?
Se a podridão do ingrato acompanha meu sapato.
Se a cama ficou fria, a cadeira tá vazia,
os amigos foram viajar, o vinho virou vinagre?)

Beleza são fachos enfeixados no mesmo brilho,
caminho, passo, destino.
De luz, remanso, carinho (para além do que se vê – e mais do que
   se sente).
O feio é pouco olhar,
falta de luz, mãos insensíveis e sem digitais.
É uma sensação sem corpo para correr,
uma solidão de estupor
pelos braços, pelas pernas,
que desce pelo cabelo,
dedos,
e parece que sai no cuspe mas fica ali encalacrado no peito
(o coração sabe e sente).

Não há mais coisa feia nem beleza.
Os olhos verdes desapareceram.
Do avermelhado ninguém fala mais.
Restou a mata restou o sangue.
E um corpo dilacerado à espera da prisão.
Ele recusa carregar a alma.
Ela ficou no passado entre o verde e o encarnado.

18

O passado se recusava a ir embora.
Agarrado à sua memória, as lembranças não mais o atormentavam.
Tinha se resignado perante elas!
Vivia então o caminho da volta.
Queria reencontrar o ponto do tempo que passou
e talvez não tenha percebido.
(A vida feita e tecida no corpo
denunciava um presente de dor e de sofrimento
incorporado pelo arrastar das horas num relógio parado
chamado presente).
No corpo as marcas do (bom) tempo do sorriso,
do bailar,
beijar e amar.
Descobriu com a vida presente
que o passado não mais respirava (o passado era uma verbo
inconjugável).
Caminhou assim para o fim da poesia do discurso da vida.
E assim, ao entrar no banheiro sujo daquele restaurante simples
sentiu um trago forte do tempo (apesar de assentado).
O odor, impregnado no ar e nas paredes daquele cubículo,
imediatamente refletia as lembranças da memória esquálida,
porém forte, que resistia em respirar e olhar pra frente.
Puxou a descarga!

19

Viro pó
quando você vento
passa por mim.
Fico só
quando seu tempo
não sobra nada pra mim.
Abro. Fecho. Viro. Fico.
Quando unifico e conjugo passar ficar
o verbo
seus braços amarrados aos meus
suas pernas entrelaçadas às minhas
meu peito pulsando no seu
minha boca grudada à sua.
E o coração
é o pó que vira barro
é o só que fica nós.
E o corpo é um!

20

Agora ele descreve sua noite
onde o encaixe dos corpos dispensa falação.
Quando a conversa ajustada traz descobertas sutis.
E o beijo guardado desencanta e dá prazer.
Chega o dia pela hora que amanhece.
Pelo desfazer dos corpos e pela água
que leva a noite sem levar as marcas
e pelo olhar cúmplice de um tempo que viveremos.
Descreve então o seu tempo!
(Não sente que já passou tanto tempo.
Não viveu tempo suficiente para dizer que valeu a pena!)

21

Do quarto ao lado
foge pelas frestas
por todos o poros de areia e de cimento
uma música linda e triste.

Um halo de odor melancólico
lânguido
vem tangido nas cordas duma lira que chora e que dói.

Silêncio.

Ao romper a porta
a janela aberta
e já se ouve a sirene dos bombeiros.

A música nunca mais tocou.

22

Vivemos tempos de despedidas.
Os companheiros não disseram que a vida é dura!
Que perder é um verbo que se conjuga no começo no meio
 e no fim.
Que a desilusão ronda nossas amizades.
E que traição rima com adeus.

É tempo de quem se vai. Pouca gente volta.

São tempos de noites longas.
Corredores lúgubres,
paredes gélidas. E nós temos que caminhar.
Os espinhos espetam nossas testas
e o suor frio entrando pelos buracos abertos, arde.
As sandálias se rasgaram. Se pisa nas pedras, que são quentes,
 pontiagudas
(algumas são lâminas) furam, cortam.
Mas é preciso caminhar!
(Pra onde meu Deus? Grita um lapso de lembrança que embaça
 os olhos).
Nossas mulheres não são viúvas e choram nossas ausências.
Nossas mães? Oh! pobres mães.
As meninas se pintam para não lembrar.
Não disseram que a dor era plural!
Lhes peço desculpas. Humildemente parto.
O luto um dia chega.

23

O céu que cai no fim da rua
de noite é casa da lua.
De manhã
o sol abre a porta e
entra
cresce
aquece
ilumina e brilha.
E fica todo o dia.
No crepúsculo
já cansado
vai descansar ali no fim da rua. Que é a casa da lua.

24

De que falam esses homens?
De quem falam esses homens?
Falam de um tempo duro
como pedra como aço
falam do que eu falo não fazem do que eu faço
(como a ponta da caneta, a pluma a pena e os lábios leporinos).
Falam um idioma estranho
num dialeto diferente.
Se vestem como os bourbons
escovam o cabelo como Maria Antonieta
empostam a voz como tenores
e fingem às suas vítimas. São algozes! (Próximos de matadores de aluguel).
Falam de homens-bichos
criminosos contumazes
saqueadores da pátria
párias da geração
inimigos bandoleiros.
Não têm beleza nem vida os homens de quem vão falando?
Nunca andaram com justiça nem com verso nem poema?
Nem olharam pra história pra derrubar o sistema?
Esses homens não têm peito estrela e coração?
Não têm filhos nem mulheres nem a mãe nem um irmão?
Nunca viram a dureza da vida?

Acumularam riquezas, posses, títulos e realeza?
Não foram esses homens que andaram no chão,
da fábrica e da plantação?
Que pescaram gente
guerrearam ideias e elegeram presidente?
Não, não, não falam dos homens que conhecemos.
Não falam dos homens bons!
Como dizer tão feio de homens de olhos vermelhos
dos homens de olhos verdes
dos homens grito e silêncio.

25

Me abrace forte. Me deseje boa sorte.
Tô indo.
As cercas não cercearam os passos.
Eles vagaram pelos pensamentos.
Rondaram navalhas definitivas.
Cacos de palavras não cortaram – apesar do rasgo na pele –
o diálogo embrutecido entre o ramo de oliveira e o fuzil de Arafat.
Mesmo assim houve lágrimas.
Diferentemente do canalha – que solta lágrimas e não chora – esse
  se desmanchou no choro. Copiosamente gritava chega!

26

Habitou em mim, por muito tempo, um homem cego e de mãos rústicas.
Guiava-se pelos cheiros e pelos sons.
Descobriu com o tempo
que o som agonizante do trompete,
vindo da casa do vizinho, era para lembrar saudades.
Que as mulheres de olhos verdes tinham perfume seco e cítrico.
E as morenas, um tom de madeira ralada e flores.
Que quando um filete de paixão surgia,
e o abraço era inevitável,
o som do batimento cardíaco era ritmado pelo prazer.
E o suor era denso, molhado e cheirava a vida em construção.
Que os homens que mentiam fediam. Ele preferia o cheiro das sepulturas do homem virtuoso. Que o aroma da noite era descanso e o barulho do dia trabalho.
O som intermitente do vento, que chacoalhava as árvores da calçada,
trazia o cheiro do outono.
Que no rasto da vida
o passado,
como um cardume na rede, foi arrastado pelo odor do esquecimento.
E o presente,
parado ao som da cítara,

quebrava o passo que não terá o seguinte.
Restou, sem cheiro e sem som, a morte.
Prometeu voltar para ver o céu azul
acariciar com a maciez de suas mãos ásperas a mulher que tanto amou
e tomar o trago do conhaque que derramou na noite em que o tempo lhe disse não!

27

Quando todos foram embora completou a minha solidão.
Eles tomavam um pedaço que era meu.
Continuei a ver o que eu era
a ser o que eu via.
Não o que deveria ter sido (o que queriam que eu fosse deixei no
  embornal do canalha que um dia me chamou de amigo).
Senti aquilo que não era falta – nem presença – era um nada a
  arrastar um fio de pensamento a lugar nenhum.
Hoje não escolho mais.
O corpo arcado e o olhar obnubilado no vazio não enxerga mais
  encanto nem reflete brilho de sensação.
A vida, efêmera e fugaz – nem sinto mais – não adianta mentir!
Na casa de beiral amarelado
curto um frio que ao adentrar o corredor
congela a alma que um dia respirou.
Não a alma da presença.
(Não sentiram mais minha falta na mesa do almoço).

28

Do ralo que corre a água
que lava o corpo tomado pela poeira do brilho que já vai longe
volta um cheiro forte da emoção
de ver o pó
agora feito barro (lembrança?)
tomar a forma daquilo que poderia ter sido
e que não fui
porque preferi ser o que eles queriam que eu fosse.
Como a água
tragada no ralo arredondado
sinto que deixei ser levado pensando que era o que eu imaginava ser
mas que na verdade era pó
que com um brilho fugidio e anuviado
seria facilmente levado pela água que responde pelo nome de vida.
Da vida
caminho inútil!
Dediquei anos a tudo que no balanço do tempo é nada!
Que sentido terei tido se não fui?
Se não vi, nem senti o que pensei ser?
Oh, Deus ! Por que deixaste enganar-me e aos outros iludi-los?
Se sabias que eu era pó, só. Um bobo!
Se sabias que eu era um relógio sem pulso
a sentir o tempo
sem sentir o correr do sangue e a quentura de um corpo vivo?
Arrasto me ao tempo: levo uma porrada que não dei quando devia.

29

No começo eu era verbo.
Intransitivo.
Como o amor. Eu amor!
Depois me adjetivaram.
Dispensei todos. Me basta o intransitivo. Me basta amor!
Virei eterno.
Mas me impuseram um sofrimento que me consome.
Aqueles pregos estampados em meus pés e em minhas mãos me machucam.
A humilhação de arrastar aquela cruz pela cidade me fez melancólico.
E ver minha mãe chorando é dolorido.
Isso me tornou eternamente triste. É o meu rosto. Meu semblante.
Eu preciso falar para meu Pai – os três – que não aguento mais.
Para José vou dizer da madeira pesada e do carrinho que ele não fez.
Vou pedir ajuda pro trabalho ser reconhecido e quando voltar a subir na cruz que ele ajude a
me confortar.
Com o Espírito Santo vou dar um grito.
Ele precisa despertar. Dorme demais.
É bonitinha a pombinha branca, mas eu preciso de um Pai.
Vou pedir as asas para entrar nas casas.
Sem pressa fugaz para deixar a paz.
Um sorriso lindo para ir construindo.
E pra Deus – o Pai – quero ser homem por um dia.

Quando meu pai permitiu que eu descesse daquela cruz
e me tornasse por um dia humano
e desse uma volta pela terra
   descobri que pelo pensamento criei um mundo que não consegui viver.
E agora viveria um tempo que não consegui pensar.
Que longe daquela cruz não suportaria a carga do mundo.
E que nenhum humano suportaria. Somente Deus!

Ao olhar pra trás vi que o eterno ficou tatuado na cruz com as marcas de minhas costas.
Vi que o sangue derramado misturado com a terra era raiz de
   fruto bom.
Que o facho de luz sobre a cruz era caminho de bem. Que o olhar
   das pessoas era ajuda solidária.
Mas decidi partir!
Agora eu sou mundano.
Invejoso ultrajante e mentiroso.
O mundo é duro. A vida é irresponsavelmente arriscada.
As pessoas são más.
Mas é o mundo!
Conversei e aprendi: sobre passos errados,
amores enganados, pensamentos equivocados e
sobre filhos da puta. Aprendi até que sempre tem um.
Andei por outros lugares.
Vi um cego e seu cachorro.
Um pândego de arma na mão governando um Estado.
Um pastor sem ovelha que falava de Deus e com muito dinheiro.
Um crápula de toga.
Um imbecil pintado especialista em tudo.
Máquinas cérebros e liquidificador. Uma flor.
Uma puta em pleno frio com uma camélia nas mãos.

A criança correndo brincando e seu irmão no colo da mãe e no pensamento do Pai.

A vida em Itabira sem o Carlos (parece que as montanhas estão sumindo).

Uma multidão sem saber pra onde ir e o Joaquim falando línguas.

A vida humana é besta, Pai.

Descobri então que meu sofrimento naquela cruz tinha razão de ser.

Era para aliviar os homens.

Então voltei.

Perdoo os homens. Inclusive os que me condenaram e me crucificaram. E os que aplaudiram. Eu os entendo.

Levo os olhos verdes da morena cor de ébano.

Seu coração eu deixo. Alguém merece mais do que eu.

Caminho para a cruz.

Minha mãe sorri. Ela sabe que não valeu a pena ter lutado.

Eu sou só nesse instante. Meu Pai me espera.

Saio da vida pra viver na cruz.

30

Deixei o sol, seu calor e sua dimensão para trás.
Um rabixo de luz me acompanhou até um corredor lúgubre,
 gelado e cheirando a mofo.
Um raio fino,
daquele sol calorento,
insistia em romper um corte vertical no telhado da nova morada,
que um corpo habitaria sem a presença da alma.

31

Meus braços andam meio doloridos.
Andam tristes também.
Não tem tido vontade de abraçar a aldeia dos meus amores.
Também não tem servido para apoiar as vidas que caem ao alcance deles.
Um peso abstrato recai sobre minha coluna e traz uma dor miserável.
Uma tonelada de sentimentos do mundo.
Outro sentimento, este agora de impotência, domina minhas pernas e procura as pregas
vocais no meio da laringe, para soltar um som que é universal: o grito.
Mas ele não sai.
Entalado na garganta se transforma num veio encarnado que vem descansar em minha face.
A barba por fazer projeta uma imagem de desleixo. Mas não!
Não é desleixo, é a força centrífuga que te empurra para fora e, ao encontrar a gravidade existencial, me leva para baixo.

Este livro foi impresso na Edigráfica.